14.º Premio Relato Corto
Universidad de Oviedo

SANTO DOMINGO

Aida Martínez Suárez

Universidad de Oviedo

14

Un jurado presidido por delegación de la vicerrectora de Extensión Universitaria y Proyección Cultural por D.ª Luz Mar González Arias, directora del CSU Avilés y los vocales D.ª Inés López Manrique, directora de Área de Proyección Cultural, D. Aurelio González Ovies, D. Gonzalo Llamedo Pandiella, D. Francisco Javier García Rodríguez, profesores de la Universidad de Oviedo y D. Jesús Vera Berdasco, presidente del Consejo de Estudiantes de la Universidad de Oviedo; concedió a este libro el premio de la XIV Edición del Concurso Literario Universidad de Oviedo en su modalidad de relato corto

Ediciones de la Universidad de Oviedo
Servicio de Publicaciones de la Universidad de Oviedo
ISNI: 0000 0004 8513 7929
Campus de Humanidades. Edificio de Servicios.
33011 Oviedo (Asturias)
Tel. 985 10 95 03 Fax 985 10 95 07
https://publicaciones.uniovi.es/
servipub@uniovi.es

Edita e Imprime: Servicio de Publicaciones. Universidad de Oviedo
DL AS 291-2025
ISBN: 978-84-10135-55-0

SANTO DOMINGO

Aida Martínez Suárez

SANTO DOMINGO

«Todo me sabe a ceniza», le reprochaba la madre centenaria al hijo septuagenario. Día tras día. No mentía. Habían pasado tantos años que M.ª Luisa ya no recordaba la última vez que había disfrutado de un sabor. Si hurgaba mucho en su memoria, encontraba fotografías en blanco y negro de una niña comiendo chocolate caliente, pan churruscado con miel o castañas asadas. Tal vez la sensación del sol que entra por la ventana o el acecho del sueño... pero la verdad es que hacía demasiado tiempo que aquella niña había pasado a ser una simple extraña que compartía espacio en su cabeza junto con otros tantos recuerdos. La existencia de su niñez era para ella como la presencia de un vecino cuya puerta se escucha de vez en cuando, abriéndose y cerrándose, pero nadie sabe, ni le importa, de dónde viene, a dónde va.

«¿Y qué quiere usté que yo le haga? Venga, coma». Le espetaba Boomer, su hijo, cuyo nombre real había sido borrado por aquel extraño apodo hacía décadas. Creía, como habría creído la mayoría de la gente, que aquellas palabras eran fruto del aburrimiento de una mujer que llevaba demasiado tiempo en el mundo. En concreto, ciento un años. Había algo atractivo en esa cifra, algo equilibrado a la vez que cruel: era ese cero en el medio, esa cifra que puede ser la nada o el infinito; la que, como un puente, marcaba la diferencia entre una vejez ya hundida en la muerte o una infancia a punto de adentrarse en la adolescencia. La vieja lucía su edad con despectiva dignidad. Todas las tardes, después de aquella comida que no le sabía a nada, vestía su cuerpo chupado y desafiantemente erguido. Se adornaba las carnes blandas y rosadas con anillos, pendientes y collares, se perfumaba y, lanzando una última mirada aprobadora a su escaso pelo teñido de negro y ahogado en laca, se dirigía a la plaza del Fontán.

Allí la esperaba Carmina, una vieja amiga (la única que le quedaba viva, a decir verdad), amante del ocultismo y a quien su nieto, no hacía mucho, había informado de que la propia NASA había cambiado las fechas del zodiaco. «Esto lo explica todo, ahora... bueno, ahora no, siempre, resulta que yeras Capricorniu. Por eso yes tan mala». Aquella había sido la última conversación que las dos viejas tuvieron antes de que las piernas de Carmina ya no pudiesen recorrer el camino desde su casa al Fontán, y ni los hijos ni los nietos de la vieja encontraron la compasión, el tiempo o el cariño para llevarla a su cita diaria con M.ª Luisa y, aun no presentando problemas de salud más graves, Carmina murió solo unos meses después. Ni siquiera entonces M.ª Luisa dejó de ir a la plaza a sentarse en la misma terraza en la que se había sentado toda su vida, a tomarse el mismo café con leche que se había tomado toda su vida y que, por supuesto, le sabía a ceniza. Claro que, ahora que Carmina era una ausencia, M.ª Luisa ya no tenía a nadie con quien distraerse.

Fue así como comenzó a observar a quienes se sentaban a su alrededor. Por algún inexplicable motivo, de entre todas esas personas con aspecto de ser interesantes o aburridas, repletas de historias o de repetitiva monotonía, su atención fue irremediablemente capturada por los fumadores. Ella nunca había sido fumadora. Ahora, sin embargo, los observaba entusiasmada con unos ojillos que nunca serían tan viejos como para dejar de tener un brillo maligno. Se daba cuenta de que aquel ritual que siempre había considerado sucio, maloliente, bárbaro, animal, zafio... en realidad se componía de una infinidad de pequeños gestos fascinantes, casi ritualísticos, tan importantes como la consagración de la hostia y el vino en las iglesias. A sus ciento un años, se fijaba por primera vez, de verdad, en las manos que encendían los cigarrillos, en que cada una le arrancaba un «Crii-ick», diferente, irrepetible, a la piedra del mechero. ¡Y cómo inhalaban! ¡Y cómo cada labio se abrazaba alrededor de aquel placer autodestructivo de manera diferente al resto de labios! ¡Y cómo se abrían, como flores, como carne putrefacta, para liberar aquel humo lechoso y solemne, que nunca danzaba en el aire con las mismas formas, porque nunca eran las mismas historias las que salían de aquellos pulmones quemados! Historias, pensó M.ª Luisa, medio hipnotizada. Las historias están llenas de sensaciones. De sabores, sí. También de música, o del tacto de las cosas, o de la gravedad de los cuerpos....

Como sin querer darse cuenta, pero asegurándose de que nadie la veía, se humedeció los dedos índice y corazón con su gastada saliva y los rebozó en el cenicero rebosante que el camarero se había olvidado de retirar de la mesa. Y todavía fingiendo que no se daba cuenta de lo que hacía, preparada para exclamar, si alguien la pillaba «*¡Ay! si esta mano no ye* m*ía, ¿de quié*n será esta mano *toa gocha*?», se llevó a la boca los dedos untados en ceniza.

Si bien M.ª Luisa logró contener el gemido de sorpresa y placer que le subió por la garganta, lo que no pudo evitar fue que los ojos se le humedecieran de alegría, ni que los dientes se hundiesen en sus secos dedos a causa de la sorpresa que sintió. Porque aquella ceniza, lejos de saber a alquitrán, a amoniaco, a acetona... sabía dulce. Sabía a pastel, o a galletas. No solo eso, también sabía a levantarse con el sol brillando a través de la ventana y al convencimiento de que en unas horas nos reencontraremos con alguien a quien queremos. Pero todas estas sensaciones se agolpaban de manera confusa en el paladar de M.ª Luisa, sin que pudiera diferenciar del todo bien unas de otras, como cuando se escucha un ruido que, por parecer venir de tantas partes, se vuelve incomprensible. Y a todas ellas se unía el sabor metálico de su propia sangre, ahí donde un finísimo hilillo brotaba de la mordedura. Ceniza, saliva y sangre, pensó M.ª Luisa confusamente, todavía perdida en la sorpresa de los sabores recuperados. ¿No era una mezcla digna de un bautizo? ¿La unción para una ceremonia de renacimiento?

Cuando M.ª Luisa volvió a la realidad de la terraza y la tarde soleada, de los niños jugando en la plaza y las palomas correteando entre las mesas, lo único que quería era comer más, más, más de aquella ceniza. No, no solo de aquella, sino de la de todos y cada uno de los ceniceros que, como el agua en el desierto, la llamaban con cantos hechiceros, lujuriosos, prometiendo festines dignos de leyendas. Sin embargo, no se llega a ser tan vieja sin saber contenerse. Por eso cuando el camarero llegó con su café y, con un gesto de disculpa, se llevó el cenicero, M.ª Luisa se limitó a envolver sus dedos ligeramente heridos en una servilleta cuyo *Gracias por su visita*, quedó difuminado por una tímida mancha rojiza. La vieja bebió el café lentamente, sin prisas, pensando en otras cosas. Total, cada trago le sabía a ceniza.

Llevaba sentándose en aquella terraza toda la vida. Tal vez no durante la guerra, aunque eso no podía jurarlo, ya que aquellos tiempos no los recordaba, ni quería recordarlos, con nitidez. «Toda la vida». Le gustaba pensarlo así, le sonaba bien, como si la vida fuese un manojo de cosas carentes de valor que pudiesen meterse, hechas una bola, en una maleta y cerrarla. Había visto ir y venir a incontables camareros. Al actual dueño, lo había visto crecer en aquel mismo bar, correteando de acá para allá, revolcándose en los hediondos suelos de antaño, cuando ninguna normativa higiénica prohibía la mezcla de serrín, sidra, saliva y cigarrillos. Había quienes todavía recordaban aquellos tiempos de olor a sidra agria, llamándolos tiempos mejores. Manolo hijo o Manolín, así se llamaba el actual dueño. Había heredado el local de Manolo padre (que había sido simplemente Manolo), a cuyo velorio había ido M.ª Luisa unos cuarenta y algo años atrás. El buen hombre había muerto antes de tiempo debido a un cáncer de pulmón. Por supuesto, es vanidad por parte de los humanos el decir eso de «morir antes de tiempo», como si cada persona naciese con un calendario que va hasta, pongamos, los ochenta años, y a aquellos que muriesen antes de alcanzar esa cifra alguna desgracia viniese a arrancarle las páginas por vivir. Quizá M.ª Luisa era la que se había quedado con las páginas de Manolo padre. Cuando muriese, la gente tendría que decir de ella que «murió después de tiempo». Manolo no era fumador, y por la sala del velatorio habían pasado todos y cada uno de sus buenos clientes, la mayoría con un solemne cigarro entre los labios, cuyas volutas de humo se elevaban en el aire con el mismo *tempo* lento de un violín triste.

Cuando M.ª Luisa comenzó a recolectar las cenizas, no fue Manolín el que advirtió aquel nuevo y extraño comportamiento, sino uno de sus camareros. El joven, un chaval de unos diecinueve años que había empezado a trabajar hacía tres meses, le preguntó a Manolín que qué debían hacer. Obviamente, le incomodaba el espectáculo de aquella mujer ancianísima y de aspecto altanero metiendo el contenido de los ceniceros en un tarrito de cristal. Se imaginaba que tendría alguna clase de demencia y que lo correcto era hacer algo al respecto. Manolín, asomándose desde el interior y viendo a la mujer que le había visto crecer entre café y café vertiendo en el tarrito el contenido de los ceniceros, se compadeció de ella y se limitó a decir: «D*é*jala tranquila, hombre. A saber qu*é* haremos t*ú* y yo cuando lleguemos a su edad, ¡que seguramente ni lleguemos!».

Cuando M.ª Luisa regresó a casa, hizo poco caso del hijo que le preguntaba qué tal había estado el paseo, a la vez que trataba de recordarle alguna cita médica que a ella no le importaba en lo más mínimo. «Debes *creete* que soy una perra a la que vas paseando de m*é*dico en m*é*dico», se limitó a murmurar antes de subir al piso de arriba y encerrarse en su habitación. Una vez ahí, sacó el tarrito de su bolso y, cogiendo una cucharilla con restos de leche y miel, la hundió en su botín de fétidas cenizas y se la llevó a la boca con la ansiedad de un bebé que quiere teta.

Habrá quienes lo agradezcan, habrá quienes se ahoguen de rabia: la realidad es que, no importa los años que una persona lleve en esta vida, siempre cometerá algún nuevo error del que arrepentirse y del que aprender. En el caso de M.ª Luisa, su error fue mezclar todas aquellas cenizas que pertenecían a tantas personas diferentes. Lo que aprendió, después de casi tres horas atrapada en un torrente de sensaciones enloquecidas que creyó que la llevarían a la tumba, fue que nunca más volvería a poner en un mismo tarro los restos de los cigarros de diferentes personas; y que la duración del trance variaba dependiendo de la cantidad de ceniza que comiese, aunque la intensidad parecía ser la misma.

Tras pensar mucho en lo sucedido el día anterior, a M.ª Luisa se le ocurrió que probablemente las cenizas de cada persona eran únicas, igual que el olor de un cuerpo. También tenía la sospecha de que, incluso cuando proviniesen de la misma persona, las cenizas no siempre provocarían las mismas sensaciones, igual que el olor de un cuerpo. Creía que cada cigarro arrancaba de cada persona una parte única e irrepetible de su vida. Fue así como llegó a la conclusión de que tendría que escoger a sus «presas». Igual que alguien no se comería una manzana podrida, ella no se comería las cenizas dejadas por cualquier infeliz.

Por eso ahora estaba sentada un día más en la misma terraza, tomando muy lentamente el mismo café, observando con mirada de águila a quienes se sentaban a su alrededor. A pesar de todos los años que llevaba siendo clienta, nunca había prestado mucha atención a la gente que la rodeaba. Había visto el ir y venir de tanta gente que al final habían terminado por confundirse en una única mancha, como el paisaje tras las ventanillas de un tren en movimiento. Ella era la última de una generación a la que el mundo ya había olvidado, y por eso mismo creyó que ella ya no tenía asuntos pendientes con las generaciones que habían heredado el mundo. Pero, por una vez, los miraba, analizándolos. Sus gestos, sus risas, el posible sabor de sus vidas... En la mesa de enfrente, una pareja de unos veinte años charlaba. Él fumaba mientras ambos se miraban embobados. Sus rostros brillaban como estrellas, como hogueras alimentadas por el asombro, la fascinación y la incredulidad al pensar en lo casi imposible de que, de entre todas las cosas que podían ocurrir en el universo, ellos dos estuviesen compartiendo ese momento, ¡qué incomprensible coincidencia! M.ª Luisa pensó con condescendencia que, por la forma en la que se miraban, debían de llevar juntos poco tiempo. También se dijo, complacida: «Un romance recién nacido. Seguro que sabe delicioso».

Aquellos dos no fueron los únicos que captaron su atención. Un par de madres fumaban parsimoniosamente mientras observaban, sin mucho interés, a sus hijos correr y confundirse con otros críos entre palomas y gorriones, aquella fauna inocente de las ciudades. Uno de ellos, regordete y con cara somnolienta, tropezó y cayó de morros al suelo. La que debía ser su madre hizo el amago de levantarse de su silla, mientras que otra esbozó una sonrisa que trató de ocultar mirando hacia otro lado. El pequeño regordete lazó una tímida mirada en dirección a su madre, como necesitando conocer la reacción de esta antes de reaccionar él mismo. Pero la mujer, al fin, se volvió hacia su amiga y dio un trago a su cerveza, ignorando al pequeño. Ante esto, el niño aceptó la ayuda de un amigo para ponerse en pie y el juego se reanudó sin rastro de llantos. «Así tendr*í*a que haber criado yo a Boomer, pensó M.ª Luisa. No me habr*í*a salido tan parad*í*n, el *probe*».

También había un hombre de unos cuarenta años sentado unas mesas más allá. Estaba solo, aunque parecía esperar a alguien, o a algo. Extrañamente, no mataba el tiempo jugueteando con el móvil, sino que fumaba meditabundamente, con lo ojos tocándolo todo y nada. En verdad no parecía la gran cosa, pero la expresión de su rostro le hizo pensar a M.ª Luisa que, quizás, mereciese la pena conocer sus secretos. Desde entonces, M.ª Luisa, que no creía haber sentido nunca pasión por nada (y si alguna vez la había sentido esos recuerdos habían sido engullidos por el tiempo), se entregó a la tarea de recolectar, etiquetar, probar y calificar las cenizas. Cada tarde llevaba consigo varios tarritos, siempre nuevos y vacíos, pues a cada persona le correspondía uno, etiquetado cuidadosamente con fecha y nombre. Obviamente, no conocía sus nombres reales, así que se los inventaba: El Enamorado; El Pensador; El del Perro Feo; María Tinto; Alimerka... Hay que admitir que no se esforzaba mucho con los apodos, pero en su opinión lo que ella estaba llevando a cabo era una labor investigadora en toda regla, no artística. Para más precisión, añadía una breve anotación descriptiva del clima, el entorno y el aspecto que esa persona tenía ese día, de manera que una etiqueta podía ser más o menos así:

20, 6, 2019/ 11:17 El Pensador. *Día gris, pesado, de esos que amenazan una lluvia que nunca llega. Hoy ha estado dándole migas de galleta a las palomas de la terraza. Parecían temblarle las manos.*

Después, de regreso a su casa, las probaba, y al final de cada trance añadía una nueva anotación de lo experimentado. Por ejemplo:

Sigue peleándose con sus sentimientos de culpa por hacer el amor con su mujer pensando en un amor de la adolescencia. Se pregunta cuál será su aspecto ahora. Intenta imaginársela, pero solo le viene a la mente el aspecto de la última vez que la vio. Joven, demasiado joven. Los dos eran demasiado jóvenes y conocieron la excitación, pero nunca llegaron a conocerse los cuerpos. Cuando conoció a su mujer jamás se imaginó que aquel romance de la adolescencia acabaría colándose en su cama, pero con el paso de los años y la llegada de la desidia, su antiguo amor comenzó a aparecérsele cada vez más a menudo y ahora, casi cada vez que se acuesta con su mujer, piensa en aquella adolescente.

Si bien las cenizas de El Pensador eran perturbadoras, M.ª Luisa les había hecho un hueco en su colección porque encontraba fascinante el conflicto de aquel hombre, la manera en la que su mente vivía partida entre un cuerpo femenino, real y envejecido, y otro conservado en el formol de la imaginación. Estaba aprendiendo cosas sobre la sexualidad de las personas que jamás habría podido imaginar que existiesen. Y aunque a veces pensaba: «Si hubiese sabido yo esas cosas en mis tiempos...». Concluía: «No me habría servido de na'». Le encantaba, por ejemplo, comer las cenizas de El Enamorado, llenas de una emoción ilusa y salvaje, de un cariño sangriento, de la devoción hacía la grandeza de sus propios sentimientos. M.ª Luisa pensaba que aquel joven era un estúpido pero, a la vez, no podía evitar sentir ternura. Y se había vuelto adicta a esa ternura, a la dulce tibieza que ese sentimiento deja en el pecho.

Aquella actividad se prolongó durante meses. Boomer trataba de comprender qué le ocurría a su madre. Cada vez que miraba sus ojos, frenéticos y quebrados en docenas de fragmentos que parecían otros tantos ojos, pensaba que lo que le ocurría era algún tipo de demencia. Es verdad que, en cierto modo, aquella anciana ancianísima, esculpida en huesos, ya no era ella misma. Y sin embargo, se sentía más viva que nunca. Puede que aquellas vidas que la nutrían no le perteneciesen, que se asomase a ellas, desvergonzada, a través de las cenizas que consumía. Pero no había llegado a ser tan vieja como para andarse con remilgos. Su largo pasado, aquellos ciento un años con sabor a ceniza, se perdían lentamente, se evaporaban como los sueños cuando al fin llega el día, lo real, la vida... Aquella ingenua historia de amor, el atormentado marido que soñaba con su amor de adolescencia, el hombre al que se le escapó el canario de su hija y lo encontró en casa de su amante, la madre que era capaz de querer a sus hijos, el frustrado guitarrista cuyas maravillosas melodías morirían con él... Todo, todo aquello le pertenecía, etiquetado en sus tarritos hasta tal punto que podía elegir: para un día lluvioso, las cenizas depositadas bajo el sol. Para el calor, las de los días ventosos, esos días en los que la llama de los mecheros brinca encabriolada y el humo se mete en los ojos cuando por fin se logra encender el cigarrillo. Fueron unos pocos meses, sí. Los mejores de su vida, precisamente porque no fue la suya.

Sin embargo, una dieta de cenizas no es algo que un cuerpo pueda soportar por mucho tiempo. Para quienes observaban a M.ª Luisa, que, aparte de su hijo, no eran más que los curiosos que se compadecían de aquella vieja carroñera de ceniceros, era obvio que había envejecido hasta el punto de aparentar, más o menos, ciento un años pesados como el plomo. Pero ella no notaba la lenta muerte de su cuerpo. Escuchaba, como quien escucha las gotitas golpeando en la ventana, lejanas e impotentes, aquel extraño rechinar de su corazón, que sonaba a eco de otra parte. No, ella no era aquel cuerpo consumido, encorvado, grisáceo y calvo que desprendía un olor repugnante. Ella era aquellos otros, todos. Tan llenos de vida que se daban el lujo de renunciar a ella, arrojando cenizas como quien arroja la comida porque cree que nunca llegarán los tiempos del hambre.

No obstante, en su megalomanía al robar la vida de los otros, M.ª Luisa había evitado cuidadosamente una cosa: la miseria, la tristeza más profunda, el auténtico sufrimiento. En los días en los que el rostro de sus presas era todo pena, sin ningún matiz que indicase que tras aquel gesto contrito podía esconderse una experiencia interesante, la vieja nunca vaciaba sus ceniceros. No le interesaban sus dolores. ¿Por qué lo harían? Aunque la infelicidad pueda ser parte de la existencia, ella solo quería lo bueno. Porque ella, al contrario que el resto de personas, podía elegir. O eso creía.

Una mañana luminosa, El Enamorado se sentó en la mesa vacía frente a ella. Estaba solo, lo cual era inusual, y

M.ª Luisa pudo observar detenidamente aquella cara que le era ya tan familiar. No había la menor alegría en ella, pero tampoco tristeza. No había nada. El Enamorado estaba serio, rígido como un hielo que trata de no quebrarse. Sus ojos, lo único que mostraba alguna clase de sentimiento, estaban locos de pena. En ellos podía leerse el mirar desesperado de aquellos que creen, que necesitan creer, que si piensan mucho podrán llegar a comprender el dolor, y que aquellos que comprenden el dolor dejan de sentirlo. Como había seguido aquella historia de amor casi desde sus más tiernos comienzos, y aun sabiendo que cometía un terrible error, cuando el joven se marchó, M.ª Luisa vertió en un frasquito, con manos temblorosas, las cenizas que había dejado tras de sí y, sin esperar ni un segundo más, regresó a su casa.

«¿Qué tal se encuentra hoy, madre?» M.ª Luisa ni se molestó en dirigirle alguna agria contestación a su hijo antes de encerrarse en su cuarto. Sacó de su impoluto bolso de cuero el tarrito, se sentó en el borde de la cama y, con ansias, vertió todo el contenido en su boca mustia, atragantándose. Comenzó a toser, los ojos se le llenaron de lágrimas. Pero no eran lágrimas de ahogo, eran lágrimas de otra cosa. O tal vez sí eran lágrimas de ahogo, pero no del suyo: del de otro, de alguien tan lleno de pena que no alcanza a respirar porque la desesperación le ha cerrado la garganta, y todo su cuerpo tiembla, y tiene dentro un grito tan enorme que no es posible que salga por ninguna parte de su carne. M.ª Luisa daba vueltas en la cama, aferrándose, como poseída, aquella garganta inservible, deshaciéndose en lágrimas, tratando desesperadamente de huir de un dolor que estaba hasta en el aire, hasta en la vida. Un dolor que era la vida misma. «¡Su corazón!», pensó, «¡al muy tonto se le ha roto el corazón!». Pero escuchó más atentamente aquel chirrido angustioso, aquel andar de palomita coja y mojada, y comprendió que no era el corazón roto de un joven, sino el suyo, su corazón de ciento un años. Y escuchó, también, el nauseabundo silbido de sus pulmones encharcados y la apacible rendición de sus intestinos. «Me muero», comprendió con una calmada sorpresa que nunca creyó que experimentaría cuando al fin se encontrase ante la muerte. Con sus últimas fuerzas, logró incorporarse y rebuscar en el cajón donde guardaba el resto de tarritos hasta dar con el que buscaba.

23, 4, 2020/14.35 El Enamorado *Hace sol. Hay palomas y niños por todas partes, con las sombras negrísimas. Un gorrioncito los mira a él y a su novia desde una silla vacía. Se ríen, no paran de reír. Ella le besa la mano.*

...

La noche pasada han estado haciendo el amor sin descanso. Suena música, música, música incansable todo el rato. Afuera llovía y la habitación olía a vino y tabaco. Han descubierto que ella tiene un lunar justo donde su oreja se une con su cuello. Ninguno de los dos lo sabía, y creen que se aman.

No quedaba mucha ceniza en aquel tarrito, ya que era la vivencia favorita de M.ª Luisa y la consumía a menudo. Pero para lo que le quedaba a ella de vida, era más que suficiente. Vació el recipiente, lamió los bordes y cayó al suelo de espaldas, los ojos desorbitados en otros ojos, las manos aferradas a un cuerpo que no estaba ahí. Se retorció en el éxtasis de unos segundos y ofreció al mundo indiferente su último aliento en forma de orgasmo centenario.

Con una mueca de placer orgásmico. Así fue como la encontró su hijo unos minutos más tarde. Con una mueca de placer intolerable en el rostro de los muertos y, más aún, en el de los viejos. Él habría deseado modificar aquel gesto, cerrar, por lo menos, la boca entreabierta que dejaba ver unos dientes blanquísimos en los que todavía se apreciaban las ondulaciones de la infancia, como si nunca hubiesen probado ningún alimento. Pero la expresión del rostro de su madre le producía tanto asco que no fue capaz siquiera de tocarla.

Al velorio de M.ª Luisa no acudió nadie que a ella le importase. Al fin y al cabo, era ella quien había asistido al entierro de todos sus conocidos. Quienes se presentaron en el velatorio no lo hicieron por ella, sino por su hijo. Este saludaba a los visitantes con una cortés mueca de algo que quería parecerse a la pena y, pasado un tiempo prudencial, hacía alguna broma. Los invitados se reían sin pasión, mecánicamente. La inmensa mayoría de ellos (y ni siquiera eran muchos) no volverían a verse hasta el siguiente velorio. Al otro lado del cristal, el impoluto ataúd estaba rodeado de coronas de flores: la n.º 2, la n.º 3, la n.º 6... Podían verse las fotos de esas coronas en el catálogo que reposaba en la mesa del centro de la estancia, junto con los precios de otros tantos productos y servicios ofertados por el tanatorio. Alguien comparaba distraídamente las fotos de las coronas del folleto con las que la muerta había recibido, pensando para sí que, igual que ocurre con las fotografías de las hamburguesas de una cadena de *fast food*, las coronas del catálogo tenían mucho mejor aspecto que las de la realidad. «La quemamos mañana, s*í*, despu*é*s de la misa». Informaba Boomer, finalmente huérfano a los setenta y un años.

En el crematorio solo estuvieron él y el personal. «Sí, es mi madre». Confirmó con la cara roja de vergüenza, pues en el rostro de la muerta persistía, imborrable, aquel alarido orgásmico que la rigidez de la muerte había acentuado todavía más. El crematorio quedó inutilizado durante un mes. Incluso después de todos sus esfuerzos de limpieza y purificación, cada vez que las llamas consumían algún nuevo cadáver en el aire quedaba el insoportable olor de las cenizas del tabaco agrio. El rumor se extendió y el crematorio perdió clientes, perdón, muertos, que iban a incinerarse a alguna otra parte.

En cuanto a Boomer, fue incapaz de convivir en casa con las pestilentes cenizas de su difunta madre. Ni en el nicho del cementerio las pudo dejar, porque los visitantes se quejaban del insoportable olor a tabaco que conquistaba el camposanto y contra el que el olor de las flores de plástico nada podía. Si bien es cierto que la mayoría de la gente busca alguna excusa para dejar de ir a ver a sus muertos, a los familiares les escandalizaba demasiado aquella peste a tabaco. Puede que dejasen abandonados a sus difuntos, ¡pero al menos que fuese en un cementerio decente! «Ni muerta me deja usted en paz, madre». Pensó el hijo llevando, resignadamente y sin saber a dónde, la blanca urna de cenizas bajo el brazo.